鏡像攝影

copyright © by 鏡像

鏡像攝影

鏡像攝影

鏡像攝影

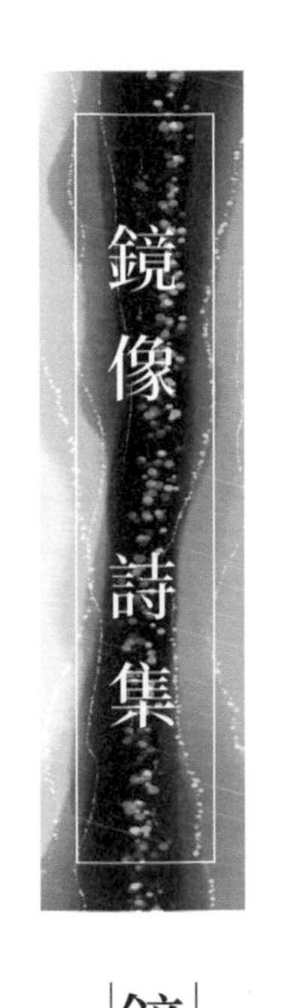

鏡像〇著

前　言

《我是風》

我是風　穿過鮮豔的花叢　不帶走豔麗
不帶走馨香模樣

我是風　穿過紅黃的樹林　不帶走顏色
不帶走輝煌

我是風　撫摸過你的臉頰　不帶走愛戀
不帶走情傷

我是風　擁抱過你的身軀　不帶走熱情
不帶走回想

我是風　進入過你的心靈　不帶走心跳
不帶走心房

我是風　在天地之間遊走　不帶走牽掛
不帶走激盪

我是風　隨緣安住在境緣　不帶走煩惱
不帶走名相

我是風　念動從虛無中來　不帶走三界
不帶走五行

心思飄逸

飄逸出內心的記憶

彷彿是前世

飄在心裡的影子

相續的思緒

現出名相的形識

前世的心跡

流連到今世相思

目錄 CONTENTS

心情的小雨 24
緣份　前世的印記 27
等著月圓浮現 28
一念是春秋 30
萬層的漣漪 32
一朵小花 34
沒有結尾 36
馨香藏衣袖 38
盼著花色回歸 40
一夢花枯萎 42
心跳撥動琴弦 44

沉　醉　46
雨中轉圈　48
春風枝頭　50

若即若離　54
情感相續　56
皺了情感的心湖　58
柔情萬千的心思　60
雨把心淋濕　62
清淨之歡　64
情花尚紅　66
斷　點　67

目錄 CONTENTS

種子 68

一夢相思落 69

風雲 70

關不了情感的門 72

緣份的黎明黃昏 74

一念相思 75

尋找圖騰 76

修多久　緣才能如意 78

心帆 80

忐忑 82

落葉的沈思 83

收　藏　86
一瞬間　87
埋葬了桃花故人　88
沉　落　90
惹來秋意　92
為何相思殘破　93
幻化柔情似花　94
又扯新的衣袖　96
小雨淋濕了思念　98
塵世裡沈浮　100
往昔的滋味　102
春天最美的風光　104
當微風……　106

目錄 CONTENTS

用　心　107
人生如戲　108
等　待　110
幕起落　心是國　112
情感陷落　114
風雨忙　116

下一輪情世界　120
思　緒　122
情來自斜陽　123
千年繾綣　124
留　戀　126
情帆搖擺　128
一隻白鷺　130

當下美好時光 132
彩色和灰色 134
一念歡喜相 135
以前和現在 136
離別後 138
賞　楓 140
冤家相會 142
一不經意 144
心靈的海底 146

幻化一個童話 150
自在雲遊 152
夢幻的句子 154
有緣的鮮花 156

目錄 CONTENTS

濃　淡　158
扯動情感的蒼天　160
心　境　162
思　念　165
將心境裝進玉杯　166
讓時光悠悠　168
一觀　來世收錢　170
一縷清香　172
波動的漣漪　173
寂落了誰　174
情搖樹梢　176
依戀的畫像　178
緣份胭脂痕　180
圓缺一念是花　182
緣……　183
旖旎的情境　184
你心帆的影子　185

心兒飄在塵寰

見星光璀璨

又見陽光撫育花艷

一念隨境顧盼

落在情河之畔

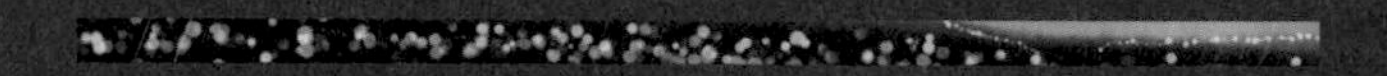

心情的小雨

(一)

心的期許
像是一場春雨
不一定相遇
化解內心的孤獨

朝夕只是一幕
不一定歡愉
不一定有相知
願意接受心聲傾吐

這是遺憾的春季
沒有緣的雨
隨著風遊歷了大地
卻不是我心靈的雨露

(二)

用心的詩意

添一襲輕柔的心曲

一字一句

花開了是你

一生一世的故事

如落地的小雨

滲透到心裡

花香有我的參與

（三）

感動心的話語
如山間的小溪
涓涓的情意不止
在大地上
寫下了最美的情書

隨著時間的流逝
心中的情愫
那綿綿不斷的雨
放大成了瀑布

緣份　前世的印記

緣份是前世的印記
輪迴的路不停息
來來去去的路
風景在心裡美麗
只是來不及
記住風景如畫的名字

花兒搖曳　風一襲
又是相會如期
相遇即刻　心唏嘘
鐫刻一頁的美麗
風雨只是為你
雨絲飄落到天際

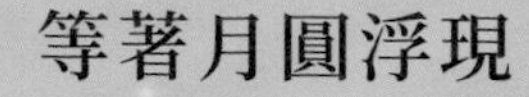

等著月圓浮現

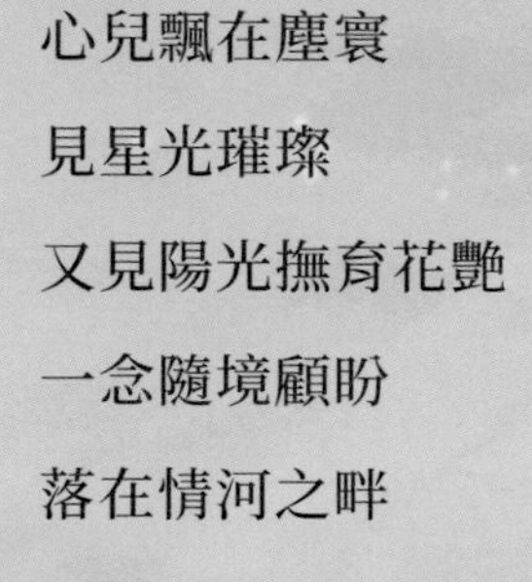

心兒飄在塵寰
見星光璀璨
又見陽光撫育花艷
一念隨境顧盼
落在情河之畔

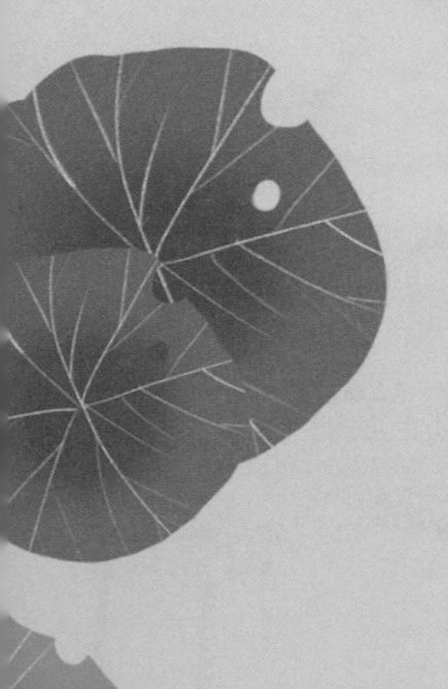

望著美麗河川
情濃有了悲歡
盪漾的情感
從早浪漫到夜晚
好像是一瞬間

只是緣份聚散

有一首詩歌留言

前世做過王

也曾經討過飯

為何今世又夢幻

只因貪著愛戀

無聊數著星點

心卻愛慕月的臉

浪漫又夢幻

修滿了情緣

等著月圓浮現

一念是春秋

桃枝上的桃花
隨著風已落了八九
喝一壺老酒
不見境相離愁

一縷相思隨風休
分手的時候
才知道什麼是春秋

揮一揮滄桑的手
作別夢中西州
情感依戀不捨想留
命運安排只得走

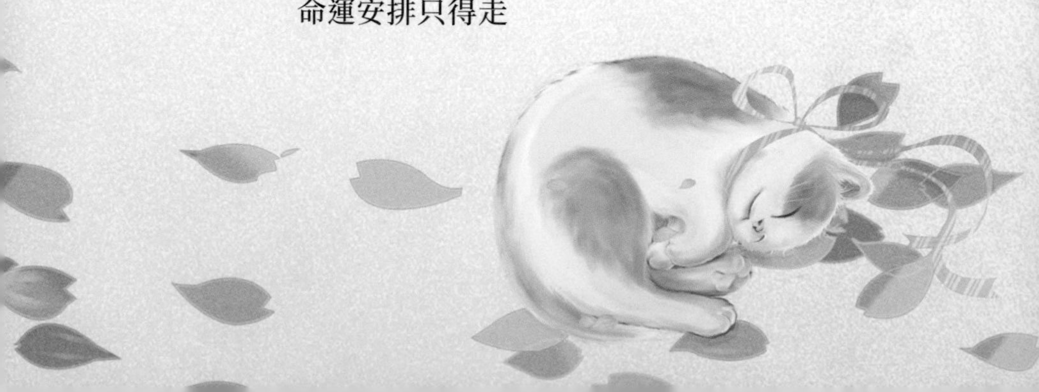

離開久居的樓

太陽照當頭

不知前路是否堪憂

也不知前景

是否有一片錦繡

萬層的漣漪

心思飄逸
飄逸出內心的記憶
彷彿是前世
飄在心裡的影子

相續的思緒
現出名相的形識
前世的心跡
流連到今世相思

一生一世
相思的你在心裡
你纖細的手指
竟然刻下了心跡

讀著心跡的情思
竟然鮮活生起
跳動的心語
蕩漾著夢幻的漣漪

飄逸的青絲
讓漣漪輕柔地浸濕
一襲濕氣飄起
濕潤了詩情畫意

畫意一抹情思
豔麗了詩意
醉了的心思
續寫了萬層的漣漪

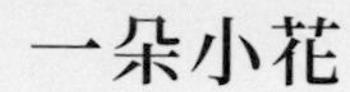

一朵小花

有心才有花
一念雲煙幻化
執著了情感愛戀
分別了你我他
妄心作的畫

夕陽已西下
妄想的一粒塵沙
從黑髮到白髮
心願是朝霞
隨風走遍天涯
恍惚只是一剎那
心境折射出晚霞

我是一朵小花

有著紅色的面頰

是心中有情芽

披上霞光的彩紗

述說心中情話

心就變現了一朵花

沒有結尾

日月循環沒有結尾

情感一次次沉醉
沉醉了又痛徹心扉
流一灣眼淚
撫平撕心裂肺
到頭來又去回味

開春情歌相會
晚秋又枯乾了嬌美
一輪沉醉和心碎
嗚咽著進退
一曲感嘆歌謠安慰
故事飄逸淒美

開始了沉醉

過後　一臉憔悴

刺破心房的血

養育了一枝紅玫瑰

成了心的負累

回味伊始即是結尾

馨香藏衣袖

心被執念所囚
在六道輪迴裡逗留
分別中常回首
感嘆情事無恆壽

看春花上枝頭
嗅了馨香藏在衣袖
常去河畔依垂柳
觀看河水流走

沈迷幻中很荒謬

無明何時開的頭

執著分別很煩憂

清靜智慧能看透

盼著花色回歸

春天消融了寒雪
愛無視殘月
不知是愛了誰
花開了一園好美

花開了即是結尾
花落了是輪迴
一念情執美夢紛飛
雲煙彩色不褪

花開花謝花飛
上了難忘的眼眉
一年境相一歲
盼著萬千花色回歸

心房　心窗

詩行嵌進了心房
晨曦柔進了花香
風采隨著風飛揚
喜悅洗滌了心窗

一夢花枯萎

事與願違
那朵花已經枯萎
曾經馨香飄飛
薰染了心扉
妄念經常回歸
心生妄想的蓓蕾

如今時光已逝不回
只有在回憶裡
還有朦朧的餘味
猶如夢幻來回
還會再一次心醉

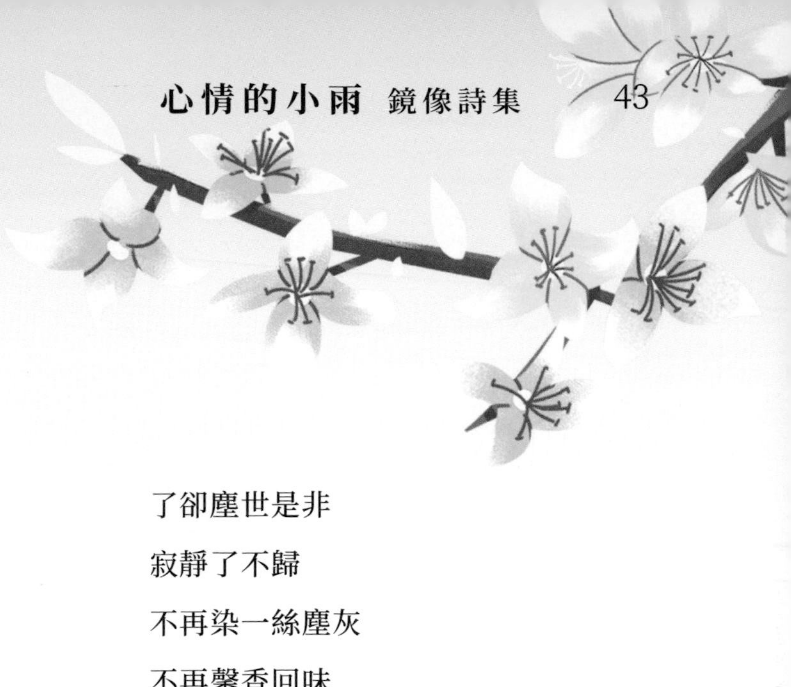

了卻塵世是非

寂靜了不歸

不再染一絲塵灰

不再馨香回味

妄想一朵花伴陪

也不再有榮華光輝

寂滅了夢幻輪迴

心跳撥動琴弦

一朝相伴
一襲塵世雲煙
歲月只有姣好眉眼
眉眼之間
情感意念舞翩躚
心跳撥動琴弦
牽掛為筆
將塵世浪漫成卷

一念所願

就是千年因緣

昨天成全是情念

今天是來年

心想即是家園

連綿出河流蜿蜒

重疊出山巒

心又生出一片藍天

沉 醉

一念紅塵來回
染了花香的玫瑰
染了情執塵灰
迷惑了心扉
一世沉醉
直到花色枯萎
花落花飛
時光匆匆不回

話生命一路的後悔
事與願違
一場春秋不歸
貧賤與富貴
對錯與是非
化現情感的負累
化現希望的圓虧

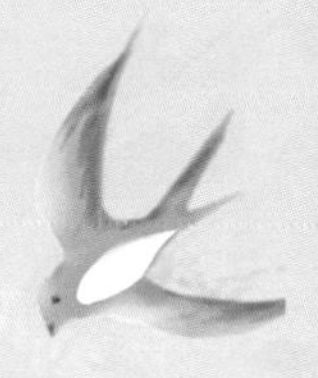

種出一叢薔薇

刺出一汪的眼淚

只有回憶輾轉不累

執著看著輪迴

雨中轉圈

浪漫的詞句結緣
生裊裊雲煙
雨絲飄落身邊
妄想的心念
在雨中轉了好幾圈
雀躍歡喜隨著風飄遠
只是還要回返
和本尊心房糾纏

一晃就是千年
妄想虛幻的夢癲
日出日暮向晚
追求了一輩子的錢
卻是心造的銅板
煩惱分別夢幻的塵煙

延綿的塵世間
想把煩惱斬斷
不再有妄想的心念
淨心地思維
入禪就是一朵白蓮
清淨了意亂心煩

春風枝頭

為什麼一顆星
在心的夜空逗留
一首心曲演奏
從此　就擁有
千萬世之久

心中永遠牽著手
成了依託
每一世為此折柳
對著鍾情的星宿
呢喃著　詠在心頭

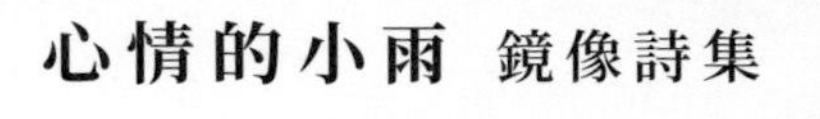

把美艷的蝶后

別上了春風枝頭

從此華麗衣袖

牽引著雙眸

不斷地輪轉回首

從此　每一世

花開花落依舊

鏡像攝影

隔著遙遠的距離

放不下著迷

不知如何逃避

讓心回到原地

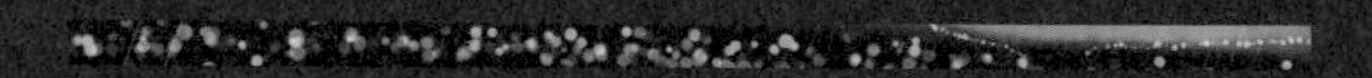

若即若離

你的消息
化成了濛濛細雨
滋養了花樹
讓心看著歡喜

四處瀰漫著香氣
深情地呼吸
瀰漫在全身細胞裡
再也不會忘記
成了心田的足跡
又恍惚是影子

想像的翅膀賜予
每當心想起
能翱翔在天際
有想像的翅膀賜予
奇妙幻想的心意
是若即若離

若即若離
有一點點神秘
不知為何
有莫名的幸福

情感相續

延綿到遙遠的天際
飄落成緣份的來世

心裡想著你
延綿到遙遠的天際
遠去的那片雲雨
是愛你的心意

相愛又分離
雲雨是愛的淚滴
一份情感相續
飄落成緣份的來世

如此結局在夢裡
是緣份的天意
不知是否還有記憶
愛情還會再升起

愛升起的今世
那似曾相識
迷惑了情感的心思
知道還有來世
延續詩情畫意

皺了情感的心湖

你哭泣的淚滴
皺了我情感的心湖
多想擁抱你
讓你的風雨平息

凝在空氣裡
是你傷心的氣息
化成濛濛細雨
匯到心湖裡

潮濕的心事
四處瀰漫無聲無息
最後決了心堤
那是淚滴的往昔

又是一場風雨
飄灑都是淚滴
兩行情感的腳步
留跡在泥濘的小路

心湖上飄落的雨滴
是塵世的業力
雨水浸泡了湖邊的路
淹沒了美好回憶

柔情萬千的心思

如果你心靈的軌跡
我能知曉和注視
心想它們是
最優美跳躍的音符
和最柔曼的跳舞
那餘韻的漣漪
成了內心的旖旎
那美好的氣息
羅曼了細胞原子
柔情了萬千的心思

我激情地用力

大口地深呼吸

感染了每個細胞

他們喜悅地起舞

成了隨心舒暢的歡喜

也幻化成了一襲

隨著浪漫心思

飄揚的柔紗還是情絲

心和境相的天地

混沌成了一體

世界只有快樂形識

雨把心淋濕

隔著遙遠的距離
放不下著迷
不知如何逃避
讓心回到原地

心裡只是在乎你
無法讓心捨棄
扯不開的緣份
只是過去的情意

老是嗅到你的氣息
成了心中的秘密
幻想的時鐘滴答
現美好的詩情畫意

屋外的雨絲
把跑出去的心淋濕
好像有點滑稽
心中的思緒
老是把你當詩題
夢幻很美麗

我們其實沒分離
是妄念紛飛的心意
一直陪著你遊歷

清淨之歡

人間清閒未覺淡

其淡淡的滋味瀰漫

如飲美酒微酣

心生風流倜儻浸染

悠悠扁舟孤帆

順風順水觀兩岸

不尋錦衣紅顏

也不尋傲然梅花瓣

只是早晚間

自然廣結善緣

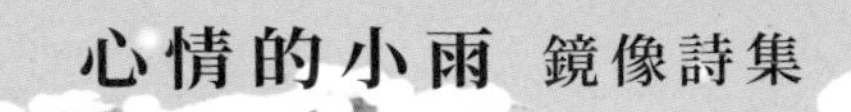

不被青絲飄起繞纏
相聚如同饗宴
也如同風聚風散
只是隨緣盤桓
知曉有冷寒
又知冷寒非冷寒
皆是虛幻滋味
放下皆看淡
自自然然
是自在清淨之歡

情花尚紅

情花尚紅
柔風輕撫相弄
芬芳染了心房天空
搖曳多姿情種

夢幻相思入花叢
心與境相同
明月之下情愈重
心與情境相擁

只是那溫馨的情意
是否過得了寒冬
是否識得究竟成空
皆是那妄想的心
夢幻柳綠花紅

斷點

煩惱嘆息著世間
情執還在留戀
只是時間一去不返
成了緣份的斷點
心卻不情願

夜不能成眠
遺落了寄情的情緣
那寄不出的癡情
烙印在殘留的信箋
緣了　難以相見

種子

風來了　方知雨意
那塗紅了的葉子
方知在深秋裡
景象和心連在一起

最美的告別
深植在記憶裡
那是難忘的情意
是來世的種子

一夢相思落

人生有幾何
不要太斟酌
度日苦日多
不要太執著

一夢相思落
從此難解脫
還有那山河
只是夢中過

風 雲

雲的情感話語
是綿綿纏綿的雨
一生的遙遠路途
有風伴隨著起舞

風雨攜手飛簷走壁
愛戀之心如故
兩顆心在雲的深處
過處　瀟灑自如

或者它們在尋覓

前世曾經的足跡

浪漫因緣和相約話語

滋潤的那份大地

關不了情感的門

夕陽已沈淪
告別了熙攘的黃昏
滿夜空的星斗
夜色已經深沉
只是關不上思緒的門
讓你的身影
在眼前　圖片幀幀
內心有些恍惚
又只是彷彿一瞬

那是河畔的小路
是我駐足回首的緣份
你也奇妙地

回轉了輕盈之身
那是在鮮花盛開
四處溢著馨香的晚春
從此　心裡起塵
留下了瀰漫的塵痕

為何像是生了根
明明感覺如夢
卻忘不了那個時分
直到現如今
彷彿還是　亦幻亦真

緣份的黎明黃昏

藕斷絲連難捨難分
心裡一往情深
只是天意緣份
有黎明也有黃昏

任何的愛恨
不管認不認真
在虛幻因緣的紅塵
隨著時間生滅
那滄桑無奈的人
消散了熱忱
不見了浪漫情恩
只有觀者眼淚紛紛

一念相思

萬千的情絲
纏住了相思
不知你的歸期
思念的心意
很想乘著風去
以解心痴

只是你不知
在我的心裡
心中期盼的消息
那美好的期許
賦予了朝夕
還有心情的雨絲

尋找圖騰

癡癡地等
執情承受著冷風
時間流逝
佇立著苦撐

踟躕　心寒疼
化成蕭瑟的風景
心慢慢地冰冷
失去了平衡

秋雨也濛濛
昏暗進入了幻夢
夜裡一盞燈
搖晃了雙眼的感情

一曲幽幽的歌聲

成了生命旅程

轉著乾坤

尋找著內心的圖騰

修多久 緣才能如意

心緒像迷濛的雨絲
也迷濛了雙眼的視力
心情有些壓抑
猶如潮水要漫堤

雨水把心兒浸濕
斷了安詳心思
彷彿阻斷了電路
身心好像受到抑制

對你是那樣的熟悉
也非常地想你
可是那無奈的業力
用無形的鴻溝把我們隔離

風雨來得急
抹不去緣份的痕跡
心裡有你的名字
要修多久　緣才能如意

對著蒼天哭泣
急促了呼吸
內心情感的深處
祈禱上蒼撮合姻緣情意

心帆

孤舟殘月一年
一念隨境的夢幻
入眠的心帆
風雨嗚咽不見

聽著人世惋嘆
煩惱的情感
還有無奈的聚散
人生即是苦短

心念亦真亦幻
圓缺了多少流年
孤獨一人是缺
有了戀愛即是圓

雲煙隨風飄散

一舟孤立一帆

一歲一年又是孤單

圓缺等著缺圓

輪轉互換著臉面

圓缺是妄想的心念

分別著奇幻景觀

忐忑

內心有些忐忑
緊緊地擁抱著溫熱
那是情感的飢渴
擁有的快樂

風來了的季節
花兒開始隨風凋謝
依依地不捨
動心喜歡的一刻

一首委婉的歌
訴說著情感的曲折
風與心在拉扯
因緣缺少珍惜懂得

落葉的沈思

落葉在寒冷的風裡沈思
我默默地付出一輩子
是否有價值
是否有生命的意義

這一世聽到的讚美
都是我陪襯的
鮮花如何芬芳美麗
我的辛苦和努力
竟然還有人提及
唯一平等的是
鮮花也會飄逝
還有一點不平等的是
我活了更長的時日

鏡像攝影

青絲飄逸著馨香

玉脂嬌色模樣

卻是心識悄悄的收藏

寄存在妄想的心房

收藏

青絲飄逸著馨香
玉脂嬌色模樣
卻是心念悄悄的收藏
寄存在妄想的心房

境相一打賞
心中雲雨飄舞酣暢
虛幻氤氳的香
為心房點妝
陶醉了心念妄想

美夢虛幻一場
那只是心念的風浪
眷戀妄想的故鄉
搖盪著命運的景象
一路因緣的風光

一瞬間

只是一瞬間
你那似曾相識的臉
就住在了心田
有了溫暖
有了莫名的思念
有了一個畫面
是一個簡單
曾經期待的答案

有你在身邊
萬語千言
都凝固在那
非常奇妙的一瞬間
從此心甜
有了心花香豔

埋葬了桃花故人

踏上了歸程
埋葬了桃花故人
一抹解意的笑
現嘴角千年情深
圓了此生緣
解了心念萬分

把酒一杯滿斟
為情又一次紅塵
消瘦了幾分
只是一份感恩
萬年眉目傳著天真
滄桑刻不上眼神

封存了多少愛恨

依然在塵世傳聞

一念執情深

就為江湖所困

高貴的心性靈魂

從來沒有夢幻的傷痕

懷揣著歸程

離開圍心的高城

暴風雪寒冷

凍不了熱情的歌聲

天堂住著萬千的有情

我也踏上了歸程

沉落

在紅塵裡墮落
心一直在漂泊
如果有懦弱
那是傷心的一抹
無明讓身心
感覺恐懼無依託

生活苦消磨
希望能得解脫
只是那妄心的湖泊
隨著風兒起波
波浪很婀娜
看不清夕陽沉沒

苦楚煩惱無處躲
在鏡像裡做一宅窩
找一旮旯角落
希望安全能擺脫

只是那燃燒的宅火
盡現八苦顏色
怎樣才能解脫
妄想到夕陽沉落

惹來秋意

寒涼的風惹來秋意
惹來了秋雨
染紅了片片楓林
大雁風塵僕僕
匆匆地飛去

故里的離別故事
讓思念的風雨
濕了夜色大地
濕了心裡的情思
更寒冷了葉子
嗚咽著飄落
伴著哭泣的雨滴

為何相思殘破

揮淚相思成河
寒風把枯葉吹落
情愁不斷隨風殘破
冰冷茫然的心
陣陣淒涼落寞

一念只是雲煙飄過
妄念夢幻交錯
為何情執錯落
情念而起的迷惑
只是緣起緣落
為何唏嘘相思殘破

幻化柔情似花

今生情執發芽
是前世播種的花
一句溫暖柔情的話
時光就有了
輪迴的春秋冬夏

從青絲到白髮
歲月悠悠風吹雨打
漂泊在天涯
歲月流逝了年華
依然眷顧芳華

只是一剎那

夢幻了生滅天下

境相如是幻化

亟盼著美好無瑕

清淨一念觀蓮華

心不染塵沙

寂滅了紅潤桃花

寂滅了景色如畫

不見有牽掛

覺悟名相是假

又扯新的衣袖

雪還在大地殘留

花蕾已經滿了枝頭

好似一個輪迴

雲煙散盡了以後

扯起一片新的衣袖

紅塵故事又開頭

就見似曾相識的眼眸

只是柔情的河柳

已非前世河柳

卻延續了無盡煩憂

依然河畔常回首

塵世勘不透

一心製造著荒謬

心想美麗的她逗留

情執心依舊

默默地為情守候

情願將自己的心囚

煩惱留在心頭

小雨淋濕了思念

在那楊柳依依的河畔
小雨淋濕了思念
我坐在長椅上
兩眼望著雲煙
心隨著遠飛的大雁
飛去遙遠的心岸

你就在我的眼前
雖然是觀想的夢幻
真的希望你立刻出現
不要再那麼遙遠
以慰藉顧盼的雙眼

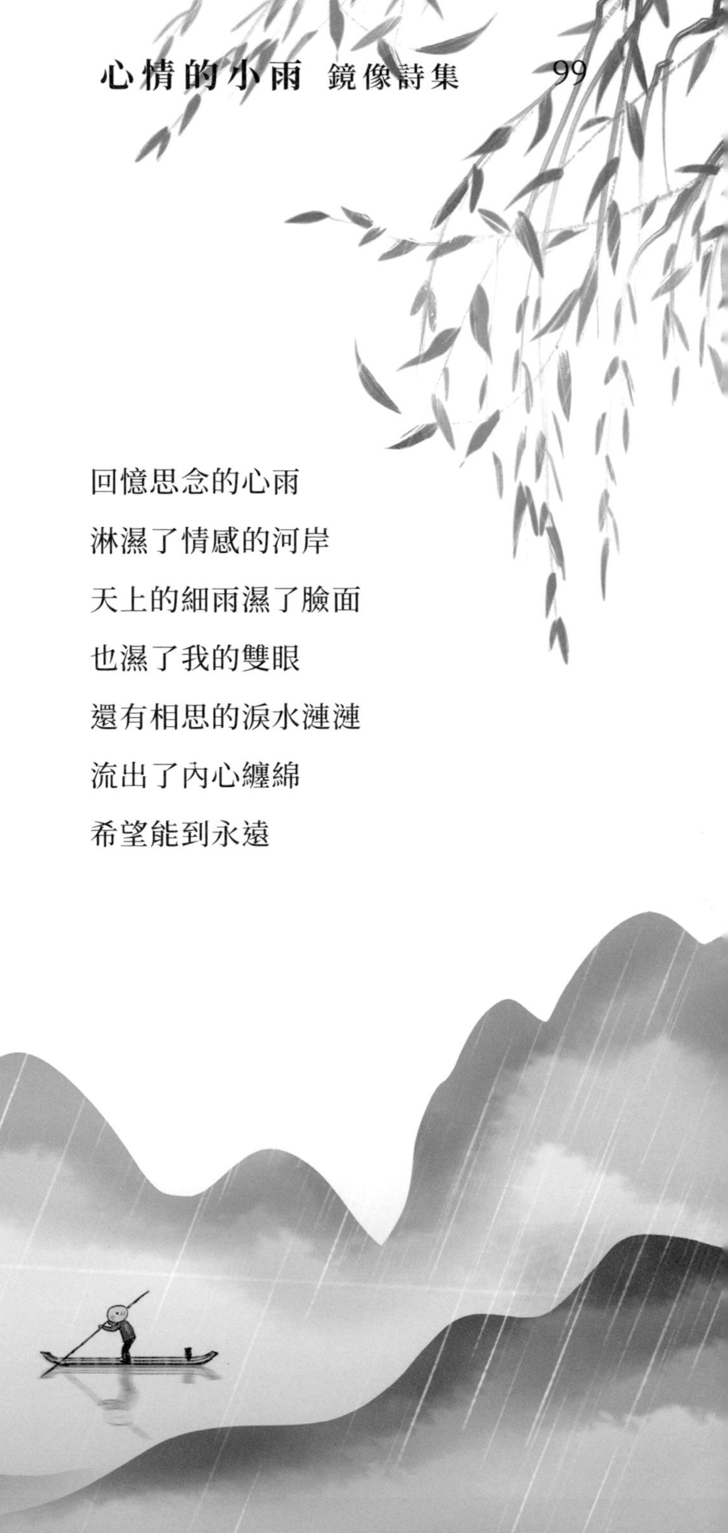

回憶思念的心雨

淋濕了情感的河岸

天上的細雨濕了臉面

也濕了我的雙眼

還有相思的淚水漣漣

流出了內心纏綿

希望能到永遠

塵世裡沈浮

河畔小路上踟躕
心情感覺有點孤獨
寂滅了談吐
也寂滅了痛哭

徬徨又無助
迷茫讓心糊塗
很想不在乎
可身心不舒服
心神不寧恍惚
兩眼模糊了小路

每日衣冠楚楚
遊戲著世故
慾望希望人矚目
彷彿是幸福

裝著不在乎
身心滾在污染的江湖
為了慾念貪圖
在塵世裡沉浮

髒了春花美麗之初
就是葬花之處
消了芬芳花瓣歸土
內心有些悽楚
茫然的心很無助
來去歸於虛無

往昔的滋味

一抹回憶的眼淚
懷念往昔的滋味

心裡的詩文純粹
曾經溫柔以對
時空景象在心裡重回
歲月與心相隨
情感宛如潺潺流水

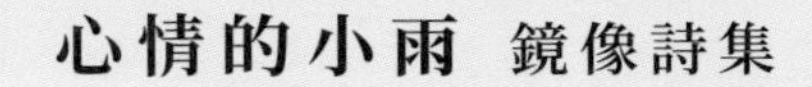

那些種植的玫瑰

卻在夢裡難回

不能再一次沉醉

在芬芳裡來回

自由地在天空放飛

回憶的情思不是回歸

只是回憶的來回

時光只是幻象塵灰

讓歲月流逝掩埋年歲

春天最美的風光（歌詞）

我紅嫩的臉龐（女）
你是否已經忘記
我現在的模樣
幾乎和前世一樣

喝一杯清茶（男）
希望能把前世回想
我在高高的山巔上
看著桃花盛開的家鄉

經過了千年時光（女）
我不曾忘記你的模樣
就像桃花留戀春風
是春天最美的風光

前世的今日花芬芳（男）
美不過你紅紅的臉龐
我不曾忘記你的模樣
你一直在我的心上

當微風……

當微風送來你的幽香
我就想起了花海的青草香
現在依然微風輕柔
卻不見你美麗的蹤芳

當微風輕拂我的臉龐
我就想起了你的纖手清香
現在依然微風輕拂
卻不見你在我的身旁

當微風輕吹花枝搖盪
我就想起了花朵插你頭上
現在依然微風吹襲
卻不見你的裙子飄蕩

用 心

用心擁有朝霞的紅
用心擁有夏天的風
用心擁有一道彩虹
放一支風箏在天空

用心和晨曦熱情地相擁
用心和夏天熱情地相融
用心和太陽高掛在天空
放一個夢想到藍天蒼穹

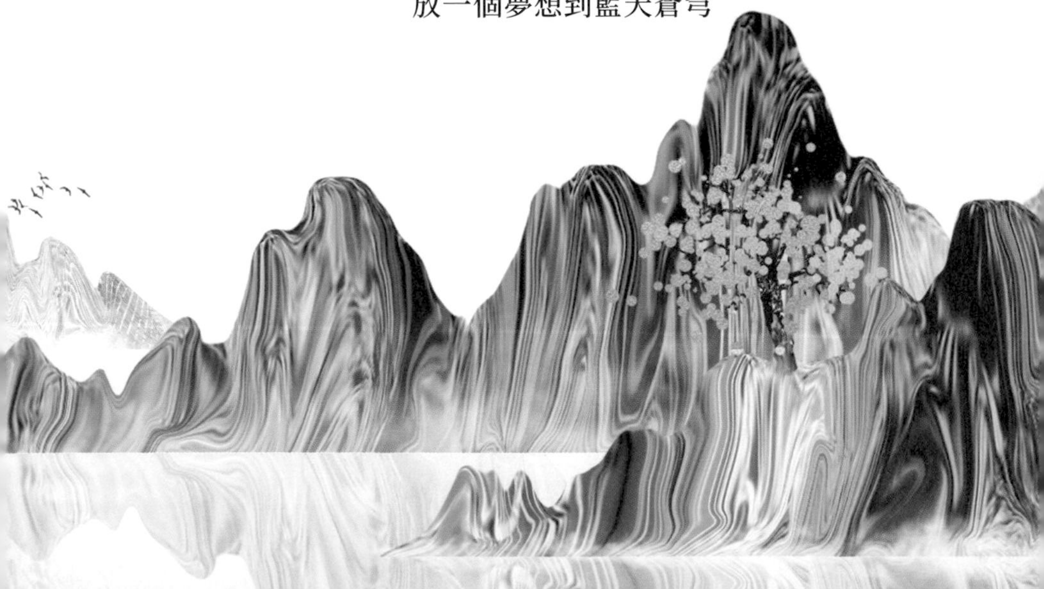

人生如戲

人生猶如戲
也如同在夢裡
那眷戀的纏綿雲煙
只是一場花雨
朦朧的心緒
述說著漫天故事
醉了的囈語

月光入懷裡
有了驛動的心詩

不知是尋覓
還是前世的記憶

我看到了心的影子

那是一念的演繹

相續的形識

輕輕一聲嘆息

脫落了虛幻的外衣

前世的期許

煙雨連綿到今日

原來是紅樓夢

心兒一顫　驚異

惹來時空一片靜寂

等待

等待是一種不可思議
等待是一種幸福
如果你有等待的甜蜜

等待是期望實現目的
等待是相約一起
如果你有等待的期許

我已經等待了幾世
何懼現在駐守的迷離
相會的希望在心裡

白晝已經被夜幕驅離

星月在夜空相約如期

相會的風靈進入她的心裡

幕起落　心是國

悲歡離合

無非是你和我

猶如戲一折

只是故事情感起落

作者由著心說

喜怒哀樂

隨境還是你我

如同山間河

婉轉隨勢又如何

情感著了粉墨

情感由心唱著

風多情相和

一路察言觀色

終究是客

幕起落　心是國

情感陷落

因緣躲不過
只是隨著風雨落
景象風景如何
實在無從說
也沒有對和錯

好像注定的折磨
無可奈何
情感的故事多
心花開一朵
只是情感的你和我

緣起和緣落

若即若離也非若

那也是因緣情意

一種情感心情陷落

只能是戲說

愛恨凡事繁多

經常為此失魂落魄

業力的風過

今世的緣份脫落

心卻沒有解脫

來世因緣起

聚散如花開花落

風雨忙

一陣風雨忙
蕭瑟的秋風寒涼
樹上葉子枯黃
隨著風飄落飛揚
在黃昏裡茫茫

黃昏樹影長
映照到水的當央
只是水的波浪
扭曲了樹影的模樣
更顯枝葉蒼茫

景象開始萬般荒涼
讓人的心淒滄
生出茫然的惆悵
看著墜落夕陽

風無情地掃著臉龐
寒冷的景象
淒涼地落在心房
靜默地看著輪迴死亡
一念一世妄想

鏡像攝影

一片美麗的霞光

是心靈之窗

那萬行的樂章

是喜悅心境的歌唱

情深　情長

來自悠悠的斜陽

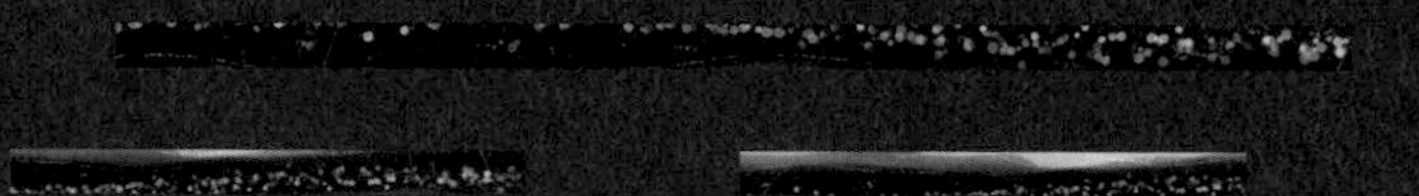

下一輪情世界

一汪清水
　映照著思維的我
　映照不出
　　心事的重疊
有不知道的事
　悄悄地藏在
　　心裡的世界

一眼的景色
　是神來之筆
　是美麗的原野
讓驛動的心
　有了歡喜的感覺

你的影子

　像飄來的樹葉

我用心

　盡情地書寫

從此

　沾黏在心的台階

不知是前世

　還是來世的相約

心中的情感

　湧出一條大河

河水上飄著

　有你烙印的樹葉

思緒不停歇

　流向下一輪

　　美麗夢幻的世界

思緒

思緒多輕盈
任性跑個不停
在黑夜裡繞著星
清涼的清晨
觀看露珠晶瑩

晨曦裡心清新
像天使一樣飛行
心兒融進了光明
喜悅像跳躍的精靈
又像少女娉婷
還有隱形的翅膀
看不見有光影

情來自斜陽

一片美麗的霞光
是心靈之窗
那萬行的樂章
是喜悅心境的歌唱
情深　情長
來自悠悠的斜陽

共享的心房
是因緣的景象
情感縈繞在耳旁
引出了心想
灑了一片相應的心光
滋養了情感衷腸

千年繾綣

輕風吹拂　彩蝶翩翩
今生的愛戀因緣
是一曲歌謠繾綣
心迷戀　忘返流連

情感的浮現
卻是來自心田
那是前世撥弄琴弦
音韻纏繞房檐
讓餘音繚繞纏綿
到今世相續此生緣
一夢就是千年

晨曦朝霞已遠
又見隨季的飛雁
懷揣著一念夢縈魂牽
又起了雲煙

追逐著皎潔月圓
把情執的愛戀
寫在了眼眉之間
忘不了的容顏
又化成一曲千年誓言
鐫刻萬年夢幻

留戀

琴弦斷

情絲不連

無聲無息纖手不彈

琴聲已散

音不再糾纏

墜落花瓣飄煙

相愛戀

纖手琴弦是美眷

才會一曲幽香深遠

山中清泉

溪水清澈流淺

水聲悅耳情意不淺

溪水遠去彎轉

心頭情感留憾

琴瑟和鳴已是留念

情帆搖擺

日夜的黑白
只是心中的情懷
內心的世界
體會著心外
那夢幻的境相世界

當心有了愛
兩顆心就成了大海
每天的情帆搖擺
看看白雲是否純白
在心中的靈台
祈禱兩人美好安泰

相愛產生依賴
感受延伸了存在
一念有了成功
從此　擔心失敗
有了覺受心得
愛戀把煩惱裝載
心房多了障礙
生活沒有了自在
為何離不開戀愛

一隻白鷺

一隻白鷺
走進蘆叢花
一曲聲樂紛沓
一世芳華

一念大愛神話
成了高懸的月牙
將有情鉤掛
恍惚的迷茫塵沙
轉念即是佛塔
高貴又典雅

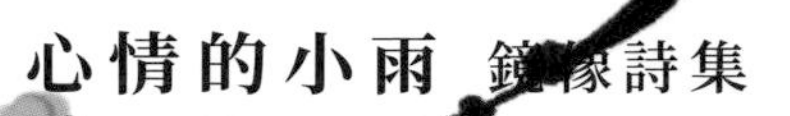

觀看只是一剎那

漫天的飛沙

清淨了即是金沙

也寂滅了萬花

一隻白鷺

只是心作的一幅畫

當下美好時光(歌詞)

留住酒香(男)

再美的花兒
也有凋零的時候
最後歲月讓它成為枯黃

再好的相聚
也有離別的時候
最後只有懷念的心歌唱

喝杯醇香的酒吧
希望記住美好的時光
讓情義留住醇醇的酒香

陪我看月亮(女)

陪著我看看月亮
讓月光灑在我們心上
體會浪漫的景象
這夢幻的人生
把握好當下的時光

當春暖桃花芬芳
讓心中的愛在枝頭上
紅紅的桃花是我的臉龐
愛意的情話流淌
是我幽幽的馨香

彩色和灰色

到處飄泊的我
也曾畫過一片彩色
為此　從雲端墜落
眼前一片灰色
雖然捨不得
也知道那不屬於我
只是一段緣份
看開了　不執著
灰色也是煙雲飄過
不會躲進角落
更不會懦弱
我依然隨緣振作
讓心生一片彩色

一念歡喜相

閒話聊家常

歡樂繞在心房

喜悅的眼睛

照亮了聚會的廳堂

喜氣洋洋

盪漾了四面八方

心花芬芳

沁人肺腑的香

彷彿更新了模樣

清新漂亮

以前和現在

以前不留意自然風光
一心做事在忙
老了有閒暇遊逛
才知道幾月桂花飄香
幾月楓葉染紅了山崗

早晨是紅色的朝陽
傍晚的夕陽
穿著了色彩的衣裳
悠閒在河邊小路徜徉
薰染著青草和花香

到了夜晚散步遊蕩

沐浴著月光清涼

微風輕輕地吹拂臉龐

原來可以如此愜意欣賞

神秘的星星和月亮

離別後

頭次相見就恨晚
期盼常相伴
只是瑟風星寒
眼裡是靄靄白雪
把大地覆蓋　空曠盡現

古人說相知何須相見
可是那份離別
讓人心難寬
從此　長夜漫漫
多了一份失眠的思念

彩色變得有些暗

情意長絲將心輕挽

這只是自然

如同看著燈　盼有暖

恍惚了兩人在交談

賞楓

紅了的楓葉飄落
一片一片又一片
落滿了地面
被楓樹遮住的山
山巒重疊綿延
成了記憶深刻的瞬間
清澈的河水在山間
多情的水流蜿蜒
成了我的相伴
將我行走的路線
一路情感相牽

秋涼的風拂面

清涼一下醉了的眉眼

沒有裊裊炊煙

只有一抹晚霞霓煙

賞了一路的心願

化成一縷執念

雕刻成思念的夢幻

留在了心裡面

冤家相會

結婚是冤家相會

不是什麼錯對

也不是可悲

看淡無怨無悔

那只是心念的花卉

在今世開放

又在今世枯萎

過程是誤會

還是互相有安慰

一生的修為

付諸一路憔悴

流下的眼淚

澆灌下一世的蓓蕾

用心體會

茫然的心無對

一不經意

夢境裡的故事
難以言喻
沒有著邏輯
卻給了我驚喜

心裡剛有了你
一不經意
就從心裡飄過去
不敢相信
傻呆著猶豫
從此　再也想不起
是如何開始

在心靈的角落裡
覺悟開啟
有開始就有分離
來自佛說
緣起性空的真理

啊　悦兮惚兮
一念形識
心中有一個影子
一抹是你
卻來自我的心裡
結束即是開始

心靈的海底

你笑的臉上有淚跡
剛才為甚麼哭泣
那情感的味道
已經飄出了氣息

心開始了靜寂
把以前的夢幻拋棄
沒有了那份壓抑
可以自由地呼吸
那心靈的深處
時間的風來去
已經清洗了過去痕跡

只是心靈的海底

是否還留有

以前經歷的記憶

是否會泛起

那掩藏著虛幻的

夢一樣的影子

又會在心裡

隨著情感的風飄千里

鏡像攝影

雨滴折射你的影子
落地聲是曲子
瀰漫心裡的消息
讓我整天地祈禱天意

幻化一個童話

你把髮夾取下
風飄起你的長髮
長髮飄逸柔滑
掃著你的臉頰
紅潤的臉色
像天邊的那片紅霞

熱情的盛夏
送一束美麗鮮花
是心裡要說的情話
讓心芬芳美化
隨著風瀟灑
夢幻成一幅畫

把景象在心裡懸掛

再畫上一個家

畫一片美好無瑕

不再像隨風的沙

浪跡走天涯

而是幻化一個童話

自在雲遊

醞釀了一壺美酒
歲月應了白首
千里迢迢路
塵世風雲盡顯風流

乘風破浪一孤舟
人身滄桑瘦
流浪天涯不留愁
萬般煩惱轉進畫軸

也曾停住一枝頭
好像很久很久
風吹著生命嶙峋瘦
心做了境相情囚

逃脫了心中賊寇
觀看天上北斗
夢幻一綢繆
一口將行酒入喉

擺脫了煩惱看守
乘雲上了仙界瓊樓
一片風光錦繡
心逍遙自在雲遊

夢幻的句子

寫了一首詩
是守護寧靜的海堤
思念心裡的你
卻和我遠離

雨滴折射你的影子
落地聲是曲子
瀰漫心裡的消息
讓我整天地祈求天意

曲子引導了心意

壓抑了呼吸

胸口的心嗚啼

詩情畫意遍體

因緣的天意

讓心念生了雙翼

在心的天地

書寫雲煙夢幻的句子

有緣的鮮花

有緣的鮮花
自然芬芳有緣的家
東邊的雲霞
沈浸在風月的它
是朝陽美妙的情話
浪漫的應答
雲霞美麗了天下

一份關懷牽掛
深情的一段佳話
滋潤綠了枝椏
更是滋養了
一枝美麗開心的花

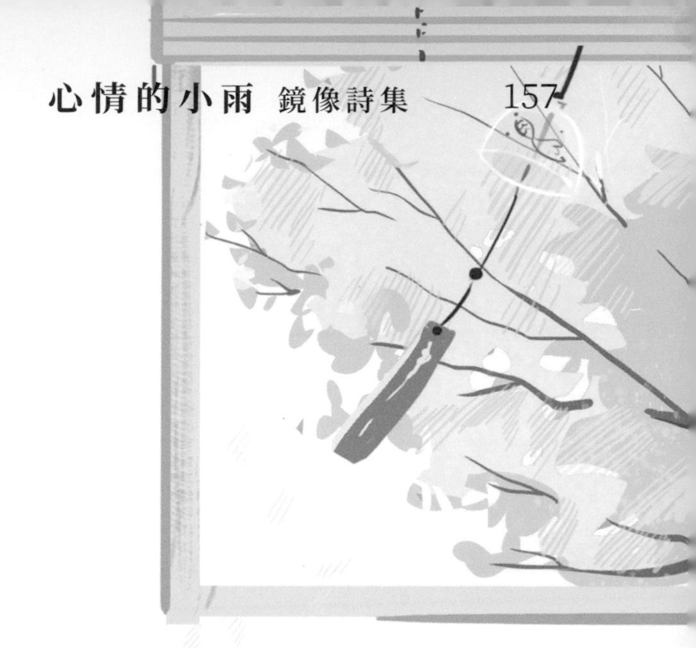

那心念的意馬

隨緣走過春夏

隨緣浪跡了天涯

你是懷念的清茶

心裡永恆的花

濃 淡

水波輕泛
糾纏的眼淚也輕泛
情感的濃淡
是心中風雨波瀾

心中的船帆
與你有關
把相思載的太滿
就樂而忘返

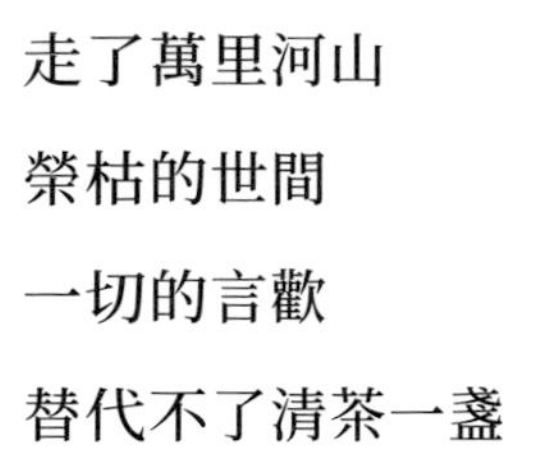

走了萬里河山

榮枯的世間

一切的言歡

替代不了清茶一盞

思念是緣

種植在心中的顧盼

牽掛是心岸

上岸品茶濃淡

扯動情感的蒼天

眼淚濕了臉
是風吹來的思念
願望沒有兌現
你已經去了遙遠的天邊

能聊天的以前
甜蜜在心間
任何的話和肢體語言
都像是美好的春天

心裡有你的相片
那是第一次的笑臉
從此　有了依戀
你就在心裡　在身邊

好像前世的心願
卻沒有修滿那份情緣
在自己的心田
沒有了鮮花的笑顏

一團纏繞的線
落在了心房邊緣
境相的風吹過
就會扯動情感的蒼天

心境

(一)

愛一場

是愛的夢鄉

一襲霓裳

恨一場

是恨的夢鄉

一襲枯黃

(二)

一縷清香

是情的悠揚

情生的鏡像

一縷惆悵

是心的徬徨

心生的迷茫

(三)

繁華走過輝煌

幸福在徜徉

喜悅蕩心房

落魄彳亍流浪

孤魂在遊蕩

悲傷生淒涼

(四)

撐一把傘聽雨聲響

是浪漫的情盪漾

希望逢著相愛的姑娘

拿一支棍登山頂上

是理想的願暢想

期盼實現心中的願望

（五）

站在此岸瞭望
不見彼岸的夢鄉
升起那邊的想像

佇立彼岸瞑想
看見柔風轉向
吹向對岸的姑娘

思 念

深深地把你思念

情傷留下一段

相隔萬水千山

獨飲一杯長嘆

用了三生的思戀

有了今生的相見

你像風兒一樣

撫過就去了遙遠

心兒開始懷念

沒有芬芳的期盼

將心境裝進玉杯

帶著馨香入寐

鏡像裡陶醉

只是　那是一個夢

還是貪戀沉墜

內心的深處

還是依戀著滋味

究竟又是誰

心成了星光的螢輝

在寂靜的夜裡

把寂寞的心相陪

消散了內心的崩潰

讓心安詳回歸

寂靜了塵灰

真心和妄心相對

同居在靈山

將心境裝進玉杯

讓時光悠悠

一念情深春秋
伴隨在生命左右
無止休　無止休
風雲千里已經陳舊

心中的情愁
枯了歲月枝頭
古來稀皓首
淡化了人間風流

無力將是非去留
常哼小曲悠悠在口
如飲一杯美酒
淡然美好了心頭

讓時光悠悠
多一份自由
像那情感的長河
自然地隨緣東流

一觀　來世收錢

詩歌千百篇
隨著心遊戲人間
天生的灑脫
紅塵只是虛幻
靜心只是一念
萬物名相只是一觀

醒著隨緣玩
睡覺隨著因緣酣
世間即是心間
喧鬧是心癲
清靜是心觀
色空只是一心念

謊言編織萬千

不及高雅真理一言

生命的體驗

是內心的感言

有沒有錢

和此沒有必然

因果才是酒錢

種花種豆來世收錢

一縷清香

生命之路無常
蜿蜒曲折又漫長
黑夜裡有盞燈明亮
無需有人欣賞
卻是黑夜裡的希望
把它擁入心房
抵禦蕭瑟的寒涼

累了的心躲進院牆
放下一生的風霜
把夢幻的歲月流放
淡化妄想的翅膀
欣賞院內的一縷清香
淨化一下心房
讓清淨的心念流淌

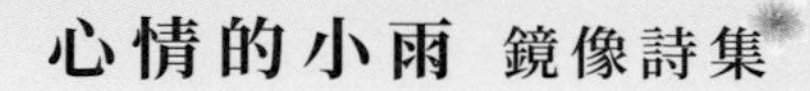

波動的漣漪

心念一波動
心湖就起了漣漪
劃破帷幕無聲息
卻隨著時光的流逝
藏在過去的心底

心飛去遙遠千里
只是因為有你
無緣身邊的愛惜
思緒在浮光掠影裡
隨著心念飄逸

寂落了誰

心中寂落了誰
為誰而鎖眉
誰像流逝的秋水
一去不返回

枯黃的葉紛飛
被風掃到角落成堆
又是誰枯了薔薇
誰的心會破碎

蕭瑟的寒風吹
吹來了面目全非
飄零的樹葉
送走南飛大雁成隊

熱情已經消退
何時有春天的光輝
用兩行熱淚
澆灌美麗的花卉

情搖樹梢

窗外風雨瀟瀟
打著芭蕉
輾轉反側睡不著
思念隨著風雨
幽幽千里之外飄
慰藉心中寂寥
風雨之聲竟然化成
浪漫的情調
千言萬語的歡笑
鑽進了溫暖的懷抱

思緒夢牽夢繞

似兩顆心在擁抱

塵世裡走一遭

是前世情執纏繞

夢幻的今朝

緣起的心念忘不掉

業力的命運之道

是心念的風雨

在境相裡

把景象的樹梢搖

依戀的畫像

歌聲一曲悠揚
穿過古老的青石巷
穿上晚霞的衣裳
遊行在錯落的瓦房
情感和過去擁抱　迴盪

微風送來花香
讓心不願離去　徜徉
時光錯亂的夕陽
讓回憶的意識河水流淌
情感投射了模樣

眼前是年少的臉龐
笑聲和花衣飄揚
一份天真熱情的衷腸
交集成七色光芒
光芒四射　至今難忘

美麗幽靜的家鄉
是孩提成長的地方
自然清新流淌
依戀著溫暖的安詳
像是一幅心靈的畫像

緣份胭脂痕

晨曦染了柔情幾分
朝霞潤了胭脂痕
隨緣的緣份
似夢幻又似真

我是一粒微塵
隨著業風轉了幾輪
被緣份捉弄
也為情執著所困

隨波逐流的人

境相緣起為轉輪

無論四季運行是冬春

還是晝夜的晨昏

美麗的早晨

朝露濕了一片溫馨

是否有聽聞

風拂水面的溫存

讓那顆心

沈醉　時浮時沈

圓缺一念是花

情感五味陳雜
一念暖　拂開了鮮花
一念寒　吹落一地花
滄桑了歲月年華
思索著真和假

心動了　塵世繁華
妄想了江山如畫
只是月圓後的殘月
將心聲暗啞
呼喊到不了天涯

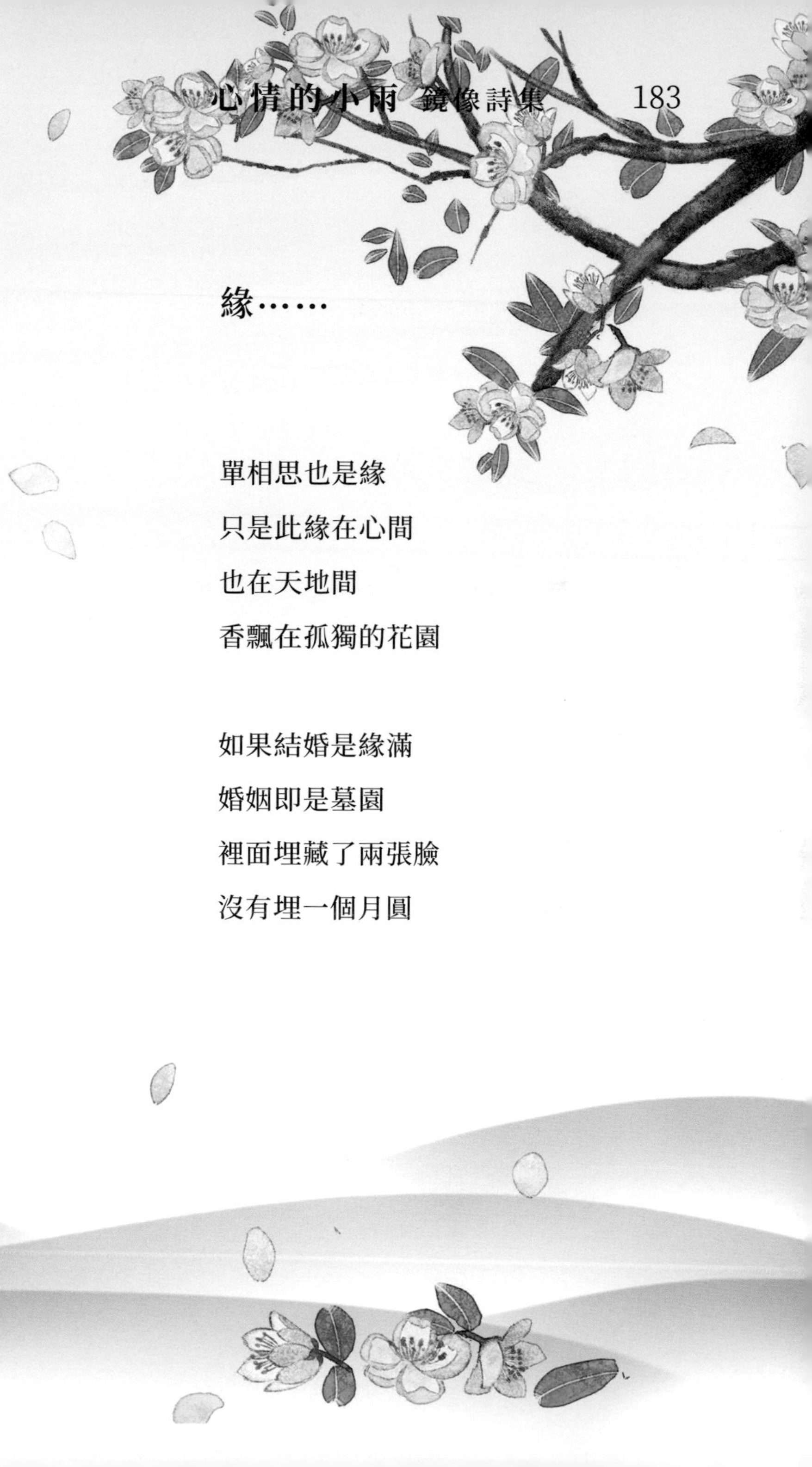

緣……

單相思也是緣
只是此緣在心間
也在天地間
香飄在孤獨的花園

如果結婚是緣滿
婚姻即是墓園
裡面埋藏了兩張臉
沒有埋一個月圓

旖旎的情境

不知誰來解夢
不知誰是心影

奇幻的風景
只是一念的心情
心中有了溫馨
風　柔和輕輕

像是耳旁的叮嚀
也像是叮噹響的風鈴
美麗會說話的眼睛
有風鈴的風情

柔風吹拂　輕盈
是清脆呼喚的心聲
是旖旎的情境

你心帆的影子

藏在心裡的秘密
是你的蹤跡
萬水千山的隔離
心還是著迷

情感心意的一筆
把此情意作序
一串的文字
是一串的淚滴

相思是筆
蘸著淚滴寫意
寫出一海的情愫
盯著你心帆的影子

詩集後記：

《奇 蹟》

落在湖面上的雨滴
粉碎了身體
卻和湖水融為一體
把破碎的心拾起
不再到處尋覓
成了湖水清碧
交融清雅的詩詞
映照純潔白蓮的美麗

想想挺奇蹟

那牽腸掛肚的情義

到處追隨的情思

隨著因緣演戲

卻不能把約定忘記

在機緣成熟的日子

因緣次第具足

那心靈妄想了天地

也見證著白蓮

不染而出離污泥

鏡像詩集

《郵寄》
已出版

《靈魂》
已出版

《一池紋》
已出版

《心不在原處》
已出版

鏡像詩集

《眼角》
已出版

《折射》
已出版

《隨緣》
已出版

《情感的風鈴》
已出版

鏡像詩集

《情池》
已出版

《鏡花緣》
已出版

《心舍》
已出版

《一彎彩虹橋》
已出版

鏡像詩集

《心情的小雨》
已出版

《飄舞》
已出版

《幻境乾坤》
已出版

《心靈的筆觸》
即將出版

鏡像詩集

《桃花夢》
即將出版

《心雨》
即將出版

《困惑》
即將出版

《黑白的眼》
即將出版

鏡像詩集

《坐在山巔》
即將出版

《印記》
即將出版

《心念》
即將出版

《帆影》
即將出版

鏡像詩集

《情海》
即將出版

《宿緣的一眼》
即將出版

《情送伊人》
即將出版

《河岸》
即將出版

鏡像詩集

《心田之相》
即將出版

《原點》
即將出版

《眼神的影子》
即將出版

《四季飛鴻》
即將出版

鏡像系列詩集

心情的小雨 鏡像詩集

作者	鏡像
發行人	鏡像
總編輯	妙音
美術編輯	彩色 江海
校對	孫慧覺
網址	www.jingxiangshijie.com
YouTube頻道	鏡像世界
臉書	www.facebook.com/jingxiangworld
郵箱	jingxiangworld@gmail.com
代理經銷	白象文化事業有限公司
	401台中市東區和平街228巷44號
	電話:(04)2220-8589
印刷	群鋒企業有限公司
出版日期	2020年11月 初版
ISBN	978-1-951338-65-7 平裝

定價 NT$520

網站

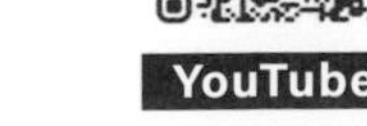
YouTube

臉書